バウムクーヘン

バウムクーヘン　もくじ

3

4

5

1

とまらない

なきだすとぼく　とまらない
しゃっくりみたいに　なきじゃくって
なきやみたいのに　とまらないんだ
もうなみだは　でてこないのに
もうなにがかなしいのか
わからなくなっているのに

ほんとはおかあさんに　しがみつきたい
でもぼくはもう
いちにんまえの　おとこのこだから
あまえてはいけない
そうおもったらまた
まえよりもっと　かなしくなった

はじめてのきもち

はじめてのきもちで
むねがいっぱいになって
どうしていいかわからない
なみだがじわっとわいてくるけど
なきたいんじゃない
かなしいんじゃない
なまえがつけられないきもち

からだのなかにいずみがあって
そこからわいてくるのかな
こんなきもち　はじめてのきもち
おとなはみんなしってるのかな
だれかにいいたいけど
なんていっていいかわからない
じぶんだけのひみつのきもち

やま

イモウトがないている
なにがかなしくてなくのか
きいてもなくだけ

まどからやまがみえる
ぼくがうまれるまえから
あのやまはあそこにあった
ぼくがしんだあとも

あのやまはあそこにある
やまはいつもおちついている
えにかくと　やまはやまでなくなる

イモウトがなきやんだ
しーんとした
やまをみていた　めと
なきごえをきいていた　みみ
べつべつなのにひとつだとおもった

あ　ハハがよんでる

かぞく

ぼくはチチがきらいだ　とアニがいう
わたしはハハがきらい　とイモウトがいう
ぼくみんなすき　とオトウト

チチはみんなのためだというけど
かえってくるのは　つきにいっかい
チチはだれもあいせないのよ　とハハはいう

そんなことない　とわたしはおもう
もうハハをあいしてないとしても
チチはわたしたちこどもをあいしている

ゆうがた　アネのわたしはカレーをつくってる
ハハはまだかえってこない
アニはむっつりメールをうってる

これがいきてるってことなのかな　とおもう
ライオンやちょうちょやまつのきやくらげ
みんないきてるってこういうことなのかな

むかしのしょうじょ

いまのしょうじょではありません
あたしはむかしのしょうじょです
いまとおなじ　かしのきのこかげで
あたしはびんぼうにんのことをかんがえる
びんぼうにんはかわでさかなをつる
おしろのまどからきこえてくる
ちぇんばろのおとにみみをすます
むしにさされたうでをかきむしる

むかしのまじょはもうみんなあのよです
でもものがたりはいきのこる
あたしたちをこわがらせるために

あたしのひらたいちぶさは
むかしもいまもひらたいけれど
こいびとはきにせずにあいしてくれる
あたしはうちへかえって
ほつれたれーすをつくろうゆめをみます

せつな

テーブルのうえにあったいちまいのかみ
へやのドアをあけたらふわりとゆかへ
くうきにささえられながら
みぎひだりにすべるようにゆれておちてゆく

そんなどうでもいいできごとがすき
なんでなのかわからない

おちるまでのみじかいじかんを
〈せつな〉というんだとセンセイがおしえてくれた

いをつけたら〈せつない〉じゃないか
すぐにすぎさってしまうから　いまはせつない
れきしのほんがとりおとすせつなを
わたしはとりあえずいきています

すきになると

すきになるのがぼくはすき
だれかがぼくをきらいでも
ぼくはだれかをすきでいたい
すきなきもちがつよければ
きらわれたってすきでいられる

なにかをすきになるのもぼくはすき
すきになると　もっとそれをしりたくなる

しればしるほどおもしろくなる
それがうつくしいとおもえてくる

だれかをなにかをすきになると
こころとからだがあったかくなる
かなしいこともわすれてしまう
だれともけんかをしたくなくなる
すきなきもちがぼくはすき

よなか

よなかっていういいかたがすきだ
おれいま
よるのまんなかにすわってる
あかりはつけてない
つきもでてない
めをあけてもなにもみえないから
めをつむってもおんなじ
かとおもうとちがう

はじめはまっくらです
でもだんだんみえてくる
そとにあるものじゃなくて
じぶんのなかでたえずうごいているもの
いろもかたちもなくていきているもの
こわいようなおもしろいような

それがいったいなんなのか
いいたいけどどういえばいいかわからない
なみのようなくものようなそのうごきに
おれ　ただよってる

くらやみ

くらやみはおそろしい
いつのまにかこころにしのびこんでくる
でんきをつければ　へやはあかるくなるけれど
くらやみはこころからなくならない

くらやみにはなにがいるのだろう
めにはみえないのに
みみにもきこえないのに
こころはなにかにさわっている

そのなにかとなかよくなりたい
それはわたしのこころのなかにいるのだから
わたしといっしょにいきているのだから
それをおばけやゆうれいといっしょにしたくない

わたしはくらやみをすきになりたい
ひかりにちからがひそんでいるように
くらやみにも　くらやみのちからがひそんでいる
そのちからをつかって　こころのうちゅうをたびしたい

2

あさこ

おんがくしつであさこはハイドンをさらっていた
わたしはうちでおなじきょくをひいてみた
なんどかつっかえたけど
わたしのほうがうまいとおもった
あさこはらいねん　ウィーンへいく

わたしはそらをみるのがすき
あおぞらじゃなく　くもをみるのがすき
くもはじっとしていない

かぜがないときでもかたちをかえながら
いつもゆっくりうごいている

わたしはあさこが　きらいなのかすきなのか
わからない　でもともだちだとおもう
ときどきひみつのはなしをメールでするから
あうとだいたいしらんかおだけど
あさこなんて　ださいなまえ！

ハハのむすめ

わたしはハハのむすめです
つまりはババアバのまごむすめ
アネからみればイモウトですが
わたしはまだまだわたしじゃない

わたしはわたしになっていきます
まいにちまいにちすこしずつ
ハハがしってるわたしのおくに
ハハもしらないわたしがすんでる

わたしはそこではただのいきもの
わけもわからずいきているだけ
うめきもするしうたいもします
ことばにならないたましいだいて

そっくりだっていわれるけれど
わたしはハハとはちがうにんげん
でもいつかはハハになるかもしれない
わたしによくにたむすめのハハに

まいにち

いつのまにか
きのうがどこかへいってしまって
きょうがやってきたけど
どこからきたのかわからない
きょうはいつまでここにいるのか
またねてるあいだにいってしまって
まっててもかえってこないのか

カレンダーにはまいにちが
すうじになってならんでるけれど
まいにちはまいにちおなじじゃない
ハハがしんでチチがひとりでないていたひ
そのひはどこへもいっていない
いつまでもきょうだ
あすがきてもあさってがきても

ほしがある

やまのジイジのうちのそとで
よる　うえをむいたらそらがある
ほしがある　いっぱいある
びっしりある　かぞえきれない
きもちわるい　なぜだろう

バアバはくりをむいている
チチはバアバのむすこ

いまどこにいるのかわからない
むしがないてる　うるさいから
イヤフォンでドリカムをきく

ハハはひとりでおいのりしている
ぶつぶつくちのなかでいっている
かみさまなんてほんとにいるのかな
ほしはほんとにあんなにあるのかな
みえてるだけじゃないのかな

し

チチはいつもかみきれになにかかいている
うちのテーブルでかくこともあるし
そとでコーヒーのみながらかくこともあるらしい
チチがかいているのは詩《し》です
きげんがいいとよんでくれるけれど
おもしろいのもあるしわからないのもある

こどものことばでおとなのこころをかく
とチチはいっている
こどものことばにはおとなにくらべて
うそがすくないからだという

チチのしはおかねになりません
おかねはかんごしのハハがかせいでいる
でもチチはきにしないで
しはおかねよりたいせつだという

ほんとにそうかどうかぼくにはわからない

チチのこいびと

うちのチチにはこいびとがいます
わたしにはわかります
ハハにはないしょです

わるいことをしてますが
チチはあくにんではない
こいびとのひともきっと

わるいとおもいながら
チチをすきになってしまったのです

わたしはハハとふたりで
せんたくものをほしています
チチのこいびとはひとりで
なにをしているのかな
おひさまはあたたかいけど
わたしのこころはすこし
ひんやりしています

どうでもいいもの

とってもちいさいもの
どうってことないささやかなもの
だれのめにもとまらないもの
おせじにもきれいとはいえないもの

そんなものがそこにある
そのことがなんかおもしろくて

ずっとみてかんがえていると
そのことがちょっとおそろしい

がっこうはもうきまっていることをおしえる
わたしはまだきまっていないことがすき
まだなまえがないものがすき
どきどきしたいから

えき

どんなえきでもいい
ふつうのえきでぼくはおりる
おりてまわりのけしきをながめる
うみならとおくにしまがみえる

そこへいってみたいきもちになって
でもそこへはいかない
またべつのえきへいってぼくはおりる
そこがまちならまちをあるく

おおきいこがわざとぶつかってくる
ぼくはけんかはしない
がらすまどのむこうでおんなのひとが
ふくをぬいでいる

またちがうえきへいこうとして
もうそんなことはできないとわかった
ぼくはまだこどもだから
おとなのせかいのそとにいるから

みち

みちがどこまでもつづいてるんだ
ぼくはそのみちをあるいてゆく
ゆくてにあかちゃけたおかがみえる
みちがのぼりざかになって
のぼりきるとなにがあるのか

のぼりきってみえるのはやはりみち
のぼりざかくだりざかがうねって

みえるのははるかに
どこまでもおわらないみちだけ
しらないあいだにぼくのからだに
だれもしらないうたがうまれて
こころがだまってうたっている

みちがぼくをどこへつれてゆくのか
ぼくはもうきにしない
そらに　わをえがきながら
いちわのとんびがついてくる

3

こころから

こころはいれもの
なんでもいれておける
だしいれはじゆうだけど
ださずにいるほうがいいもの
だしたほうがいいもの
それはじぶんできめなければ

こころからだしている
みえないぎらぎら
みえないほんわか
みえないねばねば
みえないさらさら
こころからでてしまう
みえないじぶん

はらっぱ

はらっぱでこどもらがはねまわっている
このくにでもあのくにでもはねまわってる
むかしからこどもらははねまわっていた
これからもはねまわるだろう　うんがよければ

おとなはわらいながらそれをみまもる
それをえにかく　うたにする　おはなしにする
それからそれをおもいでにして
せんそうをしによそのくにへでかけていく

はらっぱでこどもらが　ねている

どうしたのだろう
こどもらはいつまでたってもおきあがらない
おとなはもうはらっぱにもどれない

いつのまにか　はらっぱはほりかえされて
おおきなふかいあなぼこになった
そのうえにたかいたてものができた
うんよくおとなになったこどもらがたてたのだ

しんでしまったこどもらのことを
いきているこどもはがっこうでまなぶ
こうていでこどもらがはねまわっている
うつむいてひとりでたってるこもいる

ひとり

ひとりで　いる
きのいすにすわって　いる
まどからそよかぜがはいってくる
とりがないている
とおくにやまがかすんでいる
すこしおしりがいたい
きのうのけんかをおもいだす
なかなおりは　しない

ぼくは　いる　ひとりで
ぼくというにんげんはひとりだけ
あいつというにんげんもひとりきり
ひとりだけだから　ぼくはぼくになれる
あいつもいまひとりなのか
ひとりは　いい
いきているとおもえるから
いきるちからがわいてくるから

ふたり

おまえと　いる
だまってすわっている
いつまでこうしていられるか
なにもせずにいられるか
ふたりで　だまって
まちのざわめきをききながら
あしたのことはかんがえずに
コーヒーのんで　いる

おまえにいうことは　ない
でもおまえといま　いる
きもちはしずかだ
おまえがいきているのを
おれもいきているのを　かんじる
ふたりじゃなく　おれと　おまえ
ひとりと　ひとり
うまれて　しぬまで

すききらい

ぼくのすきなことばは
「すき」ということば
「きらい」ということばも
きらいではないけれど
「すき」のほうがおいしい

うそですきというのより
ほんきできらいというほうがいい

きらいのなかに
すきがまざってることがある
そのすきはうそじゃない

すきがいっぱいあるひとは
のんきであかるくつきあいやすい
きらいがたくさんあるひとは
つきあいにくいけどおもしろい
すきでもきらいでもないのはつまらない

ただよう

ぼくはおりがみのふねです
だれがおってつくったのかしらない
でもこのみずのうえまできたのはぼく
ぽっかりうかんでゆらゆら
おひさまがきらきら
ぼくのきもちはひろがっていきます
しらないまちのこみちへ

そこをだれかがあるいてくる
ぼくがまだぼくじゃなかったころ
そのひとはおばあさんだった
でもいまはおんなのこ
おりがみのふねのぼくは
みずのうえをただよいながら
いつかそのこをすきになる

おひさまがきらきら
ぼくはゆらゆら

しつもんばこ

みちに　はこがおちていた
おとしたのかすてたのかわからない
ふつうのふるくさいはこ
ひろってふってみた
かぜがふいてるようなおとがする

あけてみた
?がいっこはいってる

なにかしつもんされたみたい
でもなにをきかれたんだかわからない
なのにこたえなきゃとおもう

おもいきってイエスとこたえたら
はこのなかで？がおどりだした
そのうち　はこからとびだした
なんだかうれしそう

！がまってたんだ

それから

それからかっちゃんがころんで
みっちゃんもころんであーこも
それからとしはるさんもころんだ
みんなくさのなかであはあはわらった

わざところんだのもいたんだよ
みんなといっしょになりたいから
いたいのもきもちいいので

ぼくはころんだままそらをみていた

いまがいまじゃなくなって
うんとむかしになったみたいで
そのころもぼくはぼくだった
でもなんにもおぼえてない

でもぼくはだれかおんなのひとを
いのちがけですきになっていた
そのきもちだけがいきなりわいてきて
きがつくとぼく　なきそうだった

しじん

へんなふくをきたおとこのひとがきた
センセイがこのひとはしじんですといった
しじんのひとはあごにひげをはやしていて
みみにいやりんぐをつけていた
「わたしはしぬまでしをかきます」といった
「たくさんたくさんかくつもりです
つまらないのもかくでしょう　でも
ひとつでもきにいったしをみつけてほしい」

それからしずかなこえでしをよんだ
なにをいってるのかよくわからなかったけど
ことばがおがわみたいにながれていく
こころがふだんとちがうふうになって
どっかにわすれものでもしたみたい
なにかしつもんはとセンセイがいったので
「しってなんですか？」としじんにきいたら
「ぼくにもよくわからないのです」といった

みんながはくしゅしたらしじんのひとはおじぎした
なんだかなみだぐんでるみたいだった

4

しーん

しずかなのがいい
おおごえはききたくない
でもかみなりはきらいじゃない

しずかなのがいい
せかせかはすきじゃない
おっとりしてるとほっとする

しずかなのがいい
げらげらわらうのもわるくないけど

にこにこのほうがおちつく

しずかなのがいい
ばくはつのおとはききたくない
ひめいもうめきごえも

しずかなのがいい
そよかぜがふいてきて
ふうりんがなったりするのがすき

しずかなのがいい
いびきもおならもねごともかわいいけど
しーんとしたほしぞらにはかなわない

そこ

そこからならどんなところへもいける
だいすきなたかいやまの
てっぺんじゃなくて　ふもとのくさむら
まだいったことのないかわの
ゆるやかな　ながれのほとり
としとったきぎの
おちばがつもっているもり
もしせかいにはてがあるとしたら
そのさきまでいけるとおもう

どんなところへもいけるそこには
えきもみなともかっそうろもないから
なにももたずにひとりでいくしかない
わたしがいこうとすると
だれかのなきごえがきこえる
イモウトじゃない　ハハでもない
そらはどこまでもあかるくはれている
ちずにはのっていないそこ
わたしだけのそこ

あったことのないきみ

どこかがいこくのいなかまち
りょうがわに　にたようないえがつづいているみち
そこにおとこのこがひとりたってる
それはあったことのないきみ

いえにはハハとチチがいるけれど
いまはそのみちのうえでひとりぼっち
わきにいっさつのほんをかかえて

あったことのないきみは　まるでぼくのようだ
きみはどこへもいきたくないとおもっている
いつまでもここにいたいとおもっている
しぬまでいまのじぶんでいたいとおもっている
あしもとでこいぬがしっぽをふってる

いつかよんだ　ものがたりのなかのきみ
きみはもうおとなになっておじいさんになって
もしかするともうしんでいる　それなのに
いつまでもいつまでもきみは　ぼくのようだ

とおく

もっとおくもっととおく　とココロはいう
カラダはここでいいのに　ココロはとおくをめざす
それがどこかも　わからないのに
おかもかわもうみもさばくも　ほしさえもこえて
カラダをかまわず　ココロはとおくへいこうとする

ぼくのすきなはやさは　いまピアノでさらっている
バッハのインベンションの　はやさ

それにのっていけば　ココロはむかしへもいける
おとぎばなしのおしろで　ぼくはねむって
いまのぼくの　ゆめをみている

けいたいがなった　ハハからだ
かえりがおくれると　いっている
むかしのハハは　いつもぼくのそばにいたのに
まどのそとのどんぐりのきが　かぜにゆれてる
かぜはいまもむかしも　ふいている

ぽつんぽつん

よるねるまえに　しんだチチのへやのたなから
カリンバをとってきて　ゆびではじく
うたじゃない　おんがくじゃない
ただおとが　ぽつんぽつんつながって
からだのなかに　のはらがひろがる
ちへいせんが　みえてくる

わたしはひとりで　いきているんだ
ハハはいるけれど　ともだちもいるけれど
ぽつんぽつん　またぽつん
くさにねころんで　そらをみあげる
そんなきもちで　ねむくなる
つづきはゆめで　みてみたい

たりないじかん

じかんがたりないんだ
あおぞらがぼくをおいこしてゆく
なのはなもいまよんでるほんも
ぼくをおいこしてゆく

じかんがたりない
ヒイジイよりながくいきても
おはかのなかのじかんをたしても

ぼくにはじかんがたりないんだ

ぼくはわかりたい
いちばんだいじなことが
まだどうしてもわからないから
わかるようになるまでのじかんがいる

ねているとよるがおいこしてゆく
ゆめもぼくをおいこしてゆく
たちどまってなんかいないのに
みんなぼくをおいこしてゆく

ジイジ

おひさま　おつきさま　おほしさま
きものきたおとこのこが　えほんをみている
むかしのえほんのなかで　よる

たいようも　つきも　ほしも　かわらない
でもおとこのこは　おじいさんになって
まどぎわのいすにすわっている　あさ

めはたくさんのものをみてきた
みみはいろんなおとをきいてきた
なのにジイジはなにもいわない

ジイジはどこかとおくをみている
おとこのこがてをひっぱるけど
ジイジはうごかない

ピィツィツィ　ピィツィ
おおむかしからことりがないてる
きょうも

わたし

わたしがはじまったのは
いつ？
ハハがみごもったとき？

それからずっとつづいているわたしは
だれ？
それともなに？

わたしはだいたい　まいあさわたし
でもときどきだれでもなくなる
なにでもなくなる

わたしがおしまいになるのは
いつ？

どろ

おれしばらくどろになるといったら
アネはどうぞといった
かきねのそとをひとがふたりとおっていく
あのひとたちもしあわせになるといいなあ
おれはこれでもしあわせだから
これはくちにだしていったことではない
だっておれはいまどろなんだもの

アネはいちどけっこんしてりこんした
にわのどんぐりのきをみてぼんやりしている
どんなきもちかわからない
チチとハハはなかよくかいものにでていった
たぶんいきてかえってくるだろうとおもう

とつぜんアネがいった「かぜたちぬいざいきめやも」
なんのことかわからない
にわをのらねこがよこぎっていった
おれはとりあえずしあわせなどろです

いす

だいすきなじぶんのいすにすわって
ひろいひろいのはらのまんなかにぼくはいる
まわりじゅうどこをむいてもちへいせん
あおぞらにしろいくもがうかんでいる

どうやってここへきたのか
どうしてここにいるのか
ぼくはなにもしらないけれど

ひとりぼっちでもあんしんしている

このいすはしんだジイジがつくってくれた
すわりなれたいすはこわれてもなくしても
きえさりはしないとジイジはいっていた
こころのなかにしぬまでいすはのこる

すがたはみえないがハハのこえがきこえる
ちへいせんのむこうでなにをしてるんだろう
ハハのいるところへぼくはかえるのかな
かえらなきゃいけないのかな

5

このほし

あめがふっている
かぜがふいている
ぼくはこのほしのうえ
いま　このくにはよる

チチはビールをのんでいる
ハハはほんをよんでいる

ひるまぼくはおかにのぼった
そらがあおくたかかった

いま　うまれかかっているヒト
いま　しにかかっているライオン
ぼくはりんごをむく
このくにのよる　このほしのうえで

ホモサピエンス

むかしはわからなかったこと
いまはわかる
むかしはいた　いきもの
いまはいない

むかしはできなかったこと
いまはできる
むかしはしんぱいしなかったこと

いまはしんぱい

むかしはたかかったもの
いまはかえる
むかしはやすかったもの
いまはかえない

むかしはきれいだったもの
いまはよごれた
むかしもいまもかわらない
ホモサピエンス

わたしのへいわ

チチはあさだまっていえをでていく
ハハもいってらっしゃいといわない
ハハをぶったことはないチチ
すきではないけどチチをきらいでもないハハ

うちではてきもいないしみかたもいない
がっこうではせんそうはしないけど

てきがいてみかたはわたしひとり
なんかいつもどきどきしている

みちにでたらてあしをつかって
じめんをほりかえしているひとがいる
わたしはあたましかつかわずに
こころをそこそこつかって

とりあえずへいわをいきてる

1から∞へ

はじまりは1だった
でもすぐ2があるってわかった
ハハがいたから
チチもいたけど3はとおかった

いつのまにか　かぞえることをおぼえて
いきなり5だった　ゆびのかず
りょうてで10　それはたくさんのはじまり
よるのそら　ほしはおおすぎた
ひとつだけのつきがうれしかった

リンゴみっつとミカンふたつでいくつ？

リンゴはミカンじゃない
ミカンはリンゴじゃない
そんなのへんだ
もじとちがう　すうじはいやだ

1より10　10より100　1000より1000
なんにもないはずのゼロが
どんどんふえていくと
チチもハハもわらっている

おかねがすうじになって
せかいじゅうをまわっているらしい
すうじのさきの∞はおそろしい

いいたいこと

わたしにはいいたいことがあるんだけど
それはほかのヒトがいいたいこととちがうみたい
いまもにわのうめのはなをみてるんだけど
ココロがはなからはなれてしまって
わたしはぼんやりしています

いいたいきもちばかりあって
なにがいいたいのかわからないから
なぜかいいたくないことをいってしまったりして

ちがう！っておもいながらだまりこむ
そんなわたしにハハはこまっている

ひとりでほんをよんでいると
わたしがいいたいことを
ほんのなかのだれかがいってることがある
なんかすっきりするけどくやしい
じぶんでいいたかったとおもって

うめのはなはいいにおいって
そういうだけでいいのかな

やめます

わたしにんげんやめます
くさになります
かぜにそよぎます

わたしにんげんやめます
むしになります
あなにかくれます

わたしにんげんやめます
つちになります
そらをみあげます

わたしにんげんやめます
ほしになります
にんげんをみおろします

バアバとそら

バアバはそらへいきたいんだね
くものふとんでねむりたいんだ
だれかがおこしてくれるまで
なんにもみないですむように
なんにもきかずにすむように

ぼくもそらにいきたいな
ふんわりうかんでいたいんだ
べんきょうしないですむように
いじめられずにすむように
とんびとともだちぴーひょろろ

つばさ

はとにはつばさがある
ちょうちょにもはえにもつばさがある
でもわたしにはつばさがない
それがうんめいというものだとおもう

わたしもそらをとぶけど
ひこうきはうるさい
にんげんはそらをとばなくていい
そらにあこがれているだけでいい

でもやっぱりわたしはとびたい
じぶんひとりでとびたい
だれにもたよらず　なににもたよらず
ふんわりあおぞらにうかびたい

どこへもいかなくていい
わたしはただ…ただ…わたしは…
ちきゅうからはなれたいだけ…なんて…
いったいわたしはどうしたいのだろう

まだうまれないこども

まだうまれないこどもは
ハハのおなかのなかで
まどろんでいる
ハハはすなのうえにたって
うみをみつめている

まだうまれないこどもは
ハハのおなかのなかで

ほほえんでいる
ハハはさかみちをのぼる
きょうをたしかめながら

まだうまれないこどもが
ハハのおなかのなかで
みじろぎする
ハハはねむっている
いのちをしんじきって

谷川俊太郎（たにかわ・しゅんたろう）

一九三一年生まれ。一九五二年第一詩集『二十億光年の孤独』を刊行。詩作のほか、絵本、エッセイ、翻訳、脚本、作詞など幅広く作品を発表し、近年では、詩を釣るiPhoneアプリ『谷川』やメールマガジン、郵便で詩を送る『ポエメール』など、詩の可能性を広げる新たな試みにも挑戦している。小社刊行の著書に、『生きる』（松本美枝子との共著）、『ぼくはこうやって詩を書いてきた』（山田馨との共著）、『おやすみ神たち』（川島小鳥との共著）、『対詩　2馬力』（覚和歌子との共著）、『あたしとあなた』、『こんにちは』がある。

公式ホームページ　www.tanikawashuntaro.com

バウムクーヘン

2018年 9月 1日 初版第1刷発行
2024年12月15日 初版第8刷発行

著者 谷川俊太郎

装画 ディック・ブルーナ
装丁 名久井直子
編集 川口恵子

発行人 村井光男
発行所 ナナロク社
〒142-0064 東京都品川区旗の台4-6-27
電話 03-5749-4976 FAX 03-5749-4977
URL http://www.nanarokusha.com

印刷・製本 中央精版印刷株式会社

ISBN 978-4-904292-82-2 C0092